우리는 이어져 있다고 믿어
손미 시집

문학동네시인선 219 손미

우리는 이어져 있다고 믿어

시인의 말

나는 세상 끝, 벼랑으로 가
팔을 뻗었다

.

이어지는 것이 있다

2024년 8월
손미

차례

1부 마주보면서 멀어진다

2부 별처럼 터진 몸들에게

3부 잉크는 번지고 커지고 거대해져

4부 세계의 빙과들이 녹는다

1부

마주보면서 멀어진다

몽돌 해수욕장

네가 돌이 됐다고 해서 찾아왔다

나는 아무 돌이나 붙들고
안아봤다

거기 있는 돌을 모두 밟았다
돌을 아프게 해보았다

돌들에게 소리지르고
돌 위에 글씨를 써보았다

옷을 벗고
누워보았다
돌에게 내가 전염됐다

이쪽저쪽으로 굴러보았다

돌 돌 돌 돌 돌 돌 돌
사방으로 부서진

이토록 많은 충돌
이토록 많은 생각

절대 뒤를 보면 안 돼
다시 사람이 될 거야

움켜쥐면 말하는 돌

너는 누구인가

돌을 집어
네 위에 올려놓고
손을 모은다

물개위성 4

물

꽃병에 금이 갔다

나는 물을 보고 있다
저것이 정말 물일까
저 위를 걸어볼까
물은 나에게 녹을까
물은 내가 되고 싶을까
나에게 알을 낳고 가버릴까

틈새로 밀려오는 물은
날카로운 물

여기가 궁금할까

나의 생활을 보고 있는 물
조용히 스며오는 물

모여드는 물
침대로 고이는 물

우리 같이 살면 안 될까

걸어오는 물에게

나는 팥을 한 주먹 뿌렸다
네가 진짜라면 내게 이럴 수는 없다

수돗가에서 물을 죽이던 애들은
다, 어른이 됐을까
물이 제집으로 데려가지 않았을까

너는 죽으면 물에 묻어달라고 말했는데

물은 불타고 있다

나는 물을 보고 있다
병 속에서
물도 나를 본다

많은 발자국이 녹아 있어
물은 점점 어두워지고

거기서 너는 따라 나온다
틈새로 나오는 물은
우는 것처럼
목소리도 없이
떨어진다

내가 미워해서
꽃병에 금이 갔다

방울방울
내게 와 차오른다

점

작고 작아져 더 작아짐
너의 몸속에 점처럼 내가 떠다닌다고
아직은 점만큼 내가 남아 있다고

영영 발견되지 않는 병균처럼
너를 아프게 할 것이다

마침표처럼 조용할 것이다

사이프러스 나무 사이
올라가는 영혼과 내려가는 영혼 사이

점과 점 사이에
내가 있다

주사실에서 점에 접종했다
몸속에 비가 내린다

의사는 나의 가랑이 사이에 카메라를 집어넣었다 다큐멘
터리에서 봤던 초음파로 찍힌 우주가 거기 있었다 아직 색
을 입히기 전, 회색 우주 흐리고 진한 점들의 집합
내가 읽을 수 없는 나의 점

이 점과 그 점은 어떻게 다른가요
여긴 죽었다는 건가요 살았다는 건가요
몸속에서 점이 자라면 죽을까요

파티션 너머
하나 둘 하나 둘
점 같은 머리들

나의 작은 화분을 왼쪽과 오른쪽에 두고 사이에 앉아 생
각한다 내가 잊은 거 점보다 밝고, 점보다 큰 거 점보다 점
같은 거 소용돌이치고 빨려들게 하는 거 끝도 없고 시작도
없는 거 공중에서 보면 잠깐 만났다가 흩어지는 거 몸속에
박혀 있는 거

작고 작고 작아져 지금 여기
떠다니는 거

몸속에 남은 점점점점
그 점들을 이으면
처음 보는 도형

영영 발견되지 않는 거
아프고 아픈 모양

포도

냉장고에
나를 붙여놓고 지켜봅니다

거긴 어때?

이토록 많은 얼굴
이토록 많은 당부

거긴 어때?

전선 위에 앉은 새들
점점점점점점점점점

알알이 하루씩 사는 거라면?
하루는 죽고 싶다가
하루는 살 만하다가
매일
알알이 살고 있어

기차엔 머리가 빽빽하게 들어 있어
검은 머리들
검은 세계들
뭉쳐지지 않는

금방이라도 떨어질 것처럼
내가 매달려 있는
여기엔
너무 많은 사람
너무 많은 당부

침

찌른다
혈을 눌러본다

고쳐주겠다

감염된 곳에
잘린 꽃을 천천히 꽂아넣는 것이다

살 아래 번개가 친다
네가 다가오면
살 밑은 이렇게 시끄러웠다

내 옆에서 너는 바늘 같아져
찌르면서 들어온다
오랫동안 찌르면서 들어오는 건

여기서 짧아지면 거기선 길어지네

숨 쉬지 않는
아기의 목구멍에 손가락을 쩔러넣었을 때
물렁하고 따뜻하게 꽂혀 있던 것

틈을 비집고 돋아나려는 것

*

아이슬란드 동굴 속에서 가이드는 말했지
모든 빛을 끄세요
순간, 깜깜해진 어둠 속에서
내가 아직 태어나지 않은 동굴 속에서
숨 쉬지 않는 나를 머금고 있는 입속에서

내 손도 안 보이고
발도 안 보이고

나는 어디 갔지?

누군가 겁에 질린 얼굴로 휴대폰을 켰을 때
어둠을 찌르며 솟던 희고 뾰족한 침

검은 통로를 지나 못 돌아오는 빛
그런 것은 꼭 나 같다

*

창밖으로 굵은 비가 꽂힌다
건물로

사람 머리로
고양이의 등으로

뚫고 들어간다

죽은 것을 집안에 두면 안 돼
꽃병에서 시든 꽃을 뽑아버릴 때

내가 찌르며 지나온 모든 사람

2003년 스물두 살 정선이는
옥상에서 몸을 던져
아래로 아래로
뚫고 들어갔다

향로에 담배를 꽂아넣는다
에쎄 일 미리다
이거 새로 나왔다
너는 모르지

*

동굴을 빠져나와 가이드는 말한다
인원을 세봅시다

하나 둘 셋 넷 다섯 여섯 일고옵……

투어버스의 자리는 여덟 개

다시 인원을 세봅시다
하나 둘 셋 넷 다섯 여섯 일고옵……

당신은 왜 이렇게 긴가요?

*

뚫고 지나온 사람들

여기서 짧아지면 거기선 길어지네

주전자

내가 묻어서
주전자는 깨질 것이다

너는 앉아 있고 나는 서 있다
나는 팔을 뻗어
너의 너머를 가리킨다
멀리서 보면 우리는
주전자 같다

여기서 몸을 웅크리고
기다리던 사람은
몸을 기울여
곧 쏟아질 것이다

침대에 누워 밖으로 뻗은
나의 팔이 공중에서 찾는 것
밖으로 나간 것
나를 이어붙이면서 만지려는 것
문지르려는 것

내가 묻은 주전자가
보글보글 끓는 밤

들썩이는 뚜껑이
부르는 것

주전자에 갇혀 있던 것들이
사방으로 튀어오를 것이다

내가 전도됐던
모든 것이
핏방울처럼 튈 것이다

목도 없고
입도 없는

깨진 너에게
나의 얼굴을 맞대고
문질러보는 것은

여기가 진짜인지
이렇게 확인하는 것은

쭉 뻗은 팔이 끝난 곳에서
더듬더듬 움직여 저쪽을 잡는 것

나의 소원은
다음 주전자
다음 주전자
공중에서 만나
이렇게 이어지는 것

너와 다시 이어지는 것

나는 기울어진다
이렇게 인사한다

잘게 부서지는 컵

수색역에서
너는 나를 두고 갔다
나는 내 앞에 앉았던 너를 자르고 잘라
컵 속에 넣고 마셨다

그러니 다시 온 너는 허상이다

여름에 나는 너에게 헌화했다
추모식은 고요했고
나는 가루를 넣고 커피를 저었다

컵들을 창밖으로 던진다
이제 컵을 던져도 너의 등에 맞지 않는다
아무에게도 닿지 않는다

부서져 가라앉은 너를 밟고
내가 걸어간다

바닥마다 네가 찍혀 있다

깨고 나가면,
열리는 걸까

컵처럼 걷는 사람들
톡 치면 와르르 깨질 것같이

매일 아침 컵 속에 얼굴을 숙이고
이게 뭐지?
이게 뭐야?
고여 있는 제 눈과 마주치는 사람들

오늘이 정말 마지막이야
컵을 사이에 두고 마주앉은 사람들이
테이블을 쓸어
손바닥에 묻은 가루를 털었다

매일 사람을 죽인다
플랫폼에 서 있는
사람을 매일매일

잘게 부숴 마신다

꽃을 컵에 담가두면
목이 분질러진다

너의 목은 안전할까

마시고 내려놓았는데
다 마셨는데

바닥마다 네가 찍혀 있다

가라앉은 가루들
뒤척일 때마다 등에 달라붙는
피부들

위층에서 컵 떨어지는 소리가 들린다

정말 너의 목은 안전할까

혼잣말을 하는 사람

우리는 공간을 메우기 위해 계속 말을 했다
너와 나의 거리가 너무 멀어서
사람이 지나가고
잔이 깨지고
피투성이 바람이 지나가고

우리는 멀어지는 사이를 메우기 위해
계속 말을 했다
말은 떠다니고
그러다
너는 박차고 일어나
걸어 나가고

말이 끝나면 정말 끝이 날까봐
나는 계속 말을 했다

빈 의자는 입을 닫고
나는 계속 말을 했다
너와 나의 거리가 너무 멀어서
메우기 위해 말을 했다

너와 나 사이로
방금 발사된 우주선이 올라간다

하늘이 찢어지는 것을 보면서
다시는 오지 않을 것을 보면서

내 뒤에서 사진을 찍던 사람이
저기요, 좀 비켜줄래요?

한 번도 말을 걸지 않았던 생물들이
가로막은 나를 피해
이쪽과 저쪽으로 고개를 내민다

케이크를 포크로 잘라 먹을 때
잘리는 이쪽과 저쪽 사이에서

강바닥에 박힌 자동차 이쪽과 저쪽으로
물이 갈라지고

점등사가 불을 켤 때
커다란 사람의 이쪽과 저쪽으로
빛이 갈라져 나오는 곳에서

나는 계속 말을 했다
공간을 다시 메우기 위해

연고처럼 끈적한 말을
계속 계속

어디에도 소속되지 못한 몸을 흔들고
혼잣말을 중얼거리는 사람이
공간을 찢으면서 걷는다

다시 오지 않을 것들에게
멀어지는 것들에게
말을 걸면서

빈 곳을 메우기 위해
혼잣말을 한다

점점 크게

나를 쪼개고 쪼개면 원자가 되고
전자와 원자핵이 되고
전자와 핵 사이는 대체로 비어 있고
비어 있는 곳을 압축하면 나는 소금 한 개의 알갱이가 되고
그런 생각을 하느라 여러 날 잠을 못 잤다

소금이 소금을 낳고
소금 알갱이처럼 작아질 때까지 멀어진 사람

소금은 물에 녹으면서 뱅글뱅글
행성들이 녹고 있어서
소금물로 입을 헹구다가
내가 태어난 별들을 보면서 점을 쳤다
소금은 총총 멀리 있는 알갱이들

어떤 저녁 낯선 번호로 걸려온 전화
나예요…… 울먹이던 사람에게
모르겠는데? 도무지 모르겠어요 누구세요?
묻다가 비명처럼 전화가 끊겼을 때
소금을 입에 털어넣고
돌돌돌돌 혀로 녹여보았다
밖으로 나간 사람은 다시 안 오는데

사람은 어떻게 사라지지?
사람은 안 녹는데?
끝까지 녹지 않는 알갱이가
컵 바닥에 봉분처럼 쌓여 있고
이 봉분에는
모르는 소금이 많아서 좋다

차가운 이마에 톡톡 떨어지는 알갱이
그런 부름들

쪼개고 쪼개서 작아진 사람들을
차곡차곡 모아두었는데

아기는 싱크대를 열어 소금을 쏟았다
손가락으로 흰 가루에 동그라미를 그린다
점점 크게
알갱이들이
점점 밖으로
빛나는 알갱이들이

점점점
밖으로 밖으로

멀어지면서
작아지면서
우리는 점점 크게

역방향

등으로 달려갔다 끝까지 널 응시하면서
잘 잊었으니 내게 상을 줘야 한다

뚫고 지나갔던 공기가 다시 모이고 뚫고 갔던 몸이 다시
온전해지기까지

세상의 모든 기차가 출발하고 있다

지루한 날마다 지루한 송충이를 따라갔다
송충이는 기어서 기어서
나무에 오르다가
손을 모으고 나무에 얼굴을 묻은
사람의 티셔츠 속으로
떨어졌지

끝나지 않는 터널을 지나는 기차
포식자의 위장을 내려가는 산 물고기

여기는 어디인가

나는 어디로 가는 걸까
행성을 뒤집어서 우리의 방향이 바뀐다면

마주볼 수 있을까

나는 자주 너의 꿈을 꾼다
내가 잘못한 걸까

잘 살 수 있을까
없이,
너 없이,
없이,
우리 없이,

두 손은 언제까지 두 개일까
우리는 언제까지 상관있을까

등으로 달려간다
끝까지 마주보면서 멀어진다

모빌

모빌 아래 누워본다
기린과 생쥐 문어와 삼각형 겨울과 생물

내 눈앞에 기린이 도착하면
문어는 다른 세상에 간다

잠긴 나의 절반을 향하여
이쪽이든 저쪽이든
고개를 쭉 뻗어 영영 가버릴 수 있다고

나는 내 얼굴을 모른다
점점 변해간다 개구리처럼

뼈를 들어
나였던 생물들에게 인사한다

흔들리는 접촉
나선을 그리며 도는 천장
문득문득 열리는 그곳을 향해

뱅글뱅글 도는 케이블카
올라타지 못한 생물들에게

가고 있어
오래전부터

뱅글뱅글 케이블카
갔다가 오지 않는 한 칸

신발 한 짝을 잃어버리고
절뚝이며 돌고 도는 공원

균형을 잃은 모빌 아래 누워본다

추락하지 않는 나의 절반을 향해서

여기서만 보이는 안녕

허리를 비틀어
폴짝 뛰면
닿을 수 있을 것 같은
그곳에 대하여

돌고 도는 천장
돌고 도는 별자리

다른 세계에서 오는 안부

우리는 함께 있어
오래전부터

비행접시가 날아오고

문득
울음이 터진다

2부

별처럼 터진 몸들에게

빗방울

어디예요?

모르는 동그라미에 서 있어요

들어가려고요?

돌을 던졌어요
출구로 퍼져나가요
소문은 어디까지 가는 걸까요

나는 나를 뚫고 있어요
밤새도록 황소가 붉은 천으로 돌진하는 장면을 봐요

달아나도 제자리로 돌아오는 운동장에는
모여드는 살의가 있어요
너의 핸들을 잡아 틀고 싶어요

어디예요?

떠도는 동그라미요
점점 퍼져가는 나요
아직 건너오지 못한 나를 이상하게 보는 동그라미요

구부러진 등을 쫓아가며
거기에 창살 하나를 꽂고
밧줄을 뱅뱅 돌려
동그라미를 던지려고

나의 재앙을 가져가는 황소
나 대신 동그라미에 들어간 것들에게

어디예요?

테두리에서
동그라미는 계속 커지고
쟤가 그랬어, 라고
나는 동그라미 속에 말했어요

소문은 어디까지 갈까
침대에 누운 네 속에서 날뛰는 황소
괴로움이 시작되는 거기

어디예요?

끊어진 곳을 찾는 동그라미요

— 　나는 콜라를 마시면서
　네가 나오길 기다려요

파라라라라라

상담사에게 다녀왔어
어쩌다 이렇게 부서졌는지 묻더라
나는 조금씩 알갱이가 되었어
나는 사방으로 튀어 있다고

크리스마스트리 알전구
알전구는 슬퍼

세상 모든 알전구가 한꺼번에 터지는 밤
갇혀 있던 빛이 핏방울처럼
사방으로 튀어올라

상담사는 말했지
심호흡을 하시고요
깜깜해도 혼자 걸어가시고요
손은 소독하시고요
QR코드는 찍으시고요
온도계에 이마를 대세요

빵—
온도계가 아니라 총이었네요

이마에 총을 쏘니

지구가 떨어진다

사람이 사람에게 왜 그럴까
그동안 너무 많은 사람을 묻혀온 게 아닐까

파동으로 파동으로 퍼져나가서
나무에 주렁주렁 붙어 있는 불빛과
매달려 있는 마음과

장롱 밑을 더듬어서 찾아낸 구슬
처럼 우리는 멀리서 왔지
구슬에 손을 올리고 둥글게 둥글게 문지르면
내가 사람처럼 보일까
지구 밖으로 돌아갈 수 있을까

후 불지 않고
조금만 조금만 하다가
초를 넘어뜨렸다

파파파파
별사탕이 터진다
파라라라라라라
별이 터진다

불이야
창문들이 터진다
공중에 열린 사과들이 터진다
얼굴들이 터진다

메리 크리스마스

가루는 안개가 되어
나를 가로막고 묻는다

터져서 아파?

아니 시원해

부드러운 계단

크레이프 케이크에 포크를 찔러넣었지
층층 쌓인 수백 가지 내가 있어서

겹겹이 쌓인 슬픔이 있어서

변산반도에서 사진을 찍을 때
층층 굳어진 바위 앞에서
바퀴에 깔린 생물들처럼
납작하고 딱딱한 마음들이 차곡차곡

사진 좀 보여줘
사진을 확인하다가 말했지
이건 내가 아니야

케이크에 포크를 밀어넣을 때
어떤 층에서 멈춘 포크
포크에 걸린 해골
매장된 사람은 노래하고 싶대
오늘이 생일이라서

생일 축하합니다
태어나줘서 고마워요

사진을 찍어줄게요
나는 케이크를 찍어 보여줬지
해골은 슬픈 목소리로 말했어
이건 내가 아니야

나는 이제 예배당에 안 가
계속 사죄를 하지
예배를 할수록 층층 죄가 쌓여
배반한 것 같은 마음들이 쌓여

케이크를 찌르던 포크가 멈춘 어떤 층
거기에 갇혀 있는 마음
못 나간다고 믿으면 정말 못 나가는 거야

초를 꽂고 불을 붙여도 녹지 않는 곳이 있어

어떤 층이 진짜일까
내가 믿고 있는 무수한 층들
내가 오랫동안 갇혀 있는 계단

케이크에 초를 꽂아도
여기는 환해지지 않지

충혈

못 본 척한다

감자가 쏟아진다
나는 무거워진다
바닥마다 굴러다닌다

서로 쳐다본다
고개를 돌린다
뒤통수에 꽂히는 눈이 있다
모른 척한다

한여름에 곰 인형을 안고 가는 사람
금방이라도 쏟아지려는 것을 붙잡고 가는 사람이
침전물처럼 걷고 있다

지하에서 사람이 죽었다
빗물에 갇혀서
차갑고 어두운 곳으로 굴러떨어지는 감자

못 본 척하는 곳에서
쿵 하고 떨어지는
무겁고 검은 감자들

죽었나?
젓가락으로 찔러보는 거기

침묵하는 감자를 파먹으면서

매일 찌르는 사람을 못 본 척한다
복도에서 나를 향해 씨팔이라고 말하는 사람을
못 본 척한다

고소하려면 어디로 가야 하나요?
여기 말고 이층으로 가세요 구 건물 말고 신축 건물로 가
세요
엄마가 명의를 빌려줬어요 화가 난 여자와
그렇게 나쁜 사람은 아니에요 고소까지 할 건 아니라
서…… 울먹이는 여자의 엄마

옆자리의 진술을
못 들은 척한다
복도를 지날 때마다 떼구루루 구르는 감자
무릎이 없는 감자

집집마다 감자가 있어
알알이 박혀 있어

못 본 척한다
감자처럼 굴러다니는 사람들
복도에서 터질 것처럼 부푸는 사람들

마음은 왜 굴러다니나
나는 또 질 것 같은데

눈이 내린다
알알이 눈이 내려서
머리 위로 우르르 떨어진다

못 본 척한다
깨지는 소리들

정물

정물을 그려야 하는데
물고기가 안 죽는다

외곽을 어디까지 그어야 할까

나를 눕혀놓고
분필로 주우욱 긋는 곳까지

나의 작은 아이를 넣고
나의 창문을 넣고

계속 주우욱 이어지는 곳까지

나의 바깥까지

당신은 나를 똑바로 보았습니까
정말 그렇게 다 압니까

정물을 그려야 하는데
접시에 올려둔 고기가 안 죽고
사람이 안 죽는다

가위를 벌려

어디까지 잘라야 할까
어디까지 내 편일까

테이블이 비었는데
컵에서
아직 김이 나는데

정물은 소란스럽다

정물을 그려야 하는데
얼굴이 자꾸 바뀐다

물고기였다가 박하였다가
겁에 질린 나였다가

떨고 있는
정물들이

자꾸 선 밖으로 나간다

실수로 그린 그림을 걸어두고

이게 정말 나인가?

똑바로 보았나?

매일 움직이는 정물은
낯선 제 얼굴을 본다

못 봤으면서

방금 너를 봤어 사거리에서
왜 못 본 척하니?

그 사람은 전화를 끊어버렸다

나는 집에 있었다

유대인 학살
가스실
아이와 함께 있어요
나의 전생을 읽던 사람이 울었다

눈동자
흰 털
나는 당신의 전생이 안 보여요
못 봤어요
근데 코가 매워요

김치를 버무리는 엄마에게
고춧가루를 덜어주는데

고춧가루는 계속 수챗구멍으로 떨어진다
여기가 가장 밑이니까

갱도에 빠진 가루들이
나와 엄마 그리고 여기 있는 사람들이

사람 살려
여기 사람이 빠졌어요

하늘의 달을 보면서
빠져나갈 수 있나? 중얼거리면
가끔 누군가 듣고 있다는 듯
눈이 내린다

질병도 없이 몇 번이나 사는 걸까
같은 얼굴
같은 생각을 하는 사람이
사거리에 서서

어디로 가야 하나
어디로 가도
떨어지는 건데

가루는 가루들은 매워서

엄마 어떤 아저씨가 나 산으로 끌고 갔었어

종일 기다린 엄마에게 그런 말을 하면
가루는 가루를 맵게 때렸다

왜 나를 때려?
고춧가루를 퍼부으면서 물었다
못 봤어 진짜야
내가 너무 어두워서
너는 안 보였어

나는 안 보여서 숨죽은 곳을 찔러댄다
손가락을 푹푹 넣으면서 버무리면서
섞이고 잠시 떨어졌다가 붙었다가

왜 자꾸 만나게 될까
끊어지지 않고

방금 너 봤어
왜 못 본 척해?

내가 아닌데
왜 나라고 하지?

진짜는,
못 봤으면서

이어지는 사람

2021년엔 죽어 있었음
아무것도 안 썼음
기록 없음

폭우가 창문을 열고 내 뱃속으로 떨어졌음

아버지는 소 마취제를 구하려다 실패했음
소 마취제를 조금만 주사하면 아프지 않게 죽을 수 있음
아프게 죽긴 싫음

나에게 다정해줘
안 그럼 죽어버릴 거야

태어나려는 뱃속 빗방울과
죽으려는 사람이 한 식탁에서 고기를 먹고 있음

오래전부터 죽는다던 사람이 죽지 않고 있음

그런 생각은 옳을 수 있음
대대로 이어짐

강에 아기를 던졌음
나를 던졌음

괴롭히는 사람은 언제부터 괴롭히는 사람이 되었을까?

마취된 소는 내 뱃속으로 떨어졌음

나에게 다정해줘
안 그럼 죽어버릴 거야
아무도 구할 수 없음
움직일 수 없음

뱃속에서 마취된 몸에 팔다리가 생김
죽겠다던 사람이 계속 이어지고 있음

아무도 구할 수 없음

사람은 계속 이어지고 있음

무생물적 회의

생물 선생님은 생물이 사라진다고 울었다

생물을 많이 먹은 나는
밀리고 밀리는 회의 테이블에서
밀림이라고 썼다가
다 밀어버리고 싶네라고 썼다
다 보이게

5학년 때 선생님의 노트 아래
△△이가 그랬어요
쪽지를 밀어넣은 것처럼
이른 시간에 죄송하지만 저는 △△ 때문에 괴롭습니다
상사에게 장문의 문자를 보낸 날에도

누가 보고 있는 것 같다
모서리에 빛을 쏘면
스르륵 달아나는 것

그만둔 사람의 빈 의자와 내 의자를 바꿔 앉았다
피 묻은 엉덩이로 꾹 누르고 앉아 검색해본다

살아 있는 방법

매일 저녁 생물을 굽고 생물을 끓이고
살고 싶은 생물을 먹다가 회의에 간다

모두 어디 갔지?

나는 빈 회의실 의자에 차례차례 앉아보다가
뱅글뱅글 돌고 있는 의자에서 생물 선생님을 본다

너무 춥지 않니?

생물을 목에 칭칭 감고서
우는 생물 선생님을

수술

한 사람을 갈라서 열어본다

잡아먹은 동물들이
손바닥을 내밀어 내게 각설탕을 준다

축축한 등을 따라가
한 사람의 윤곽선을 그리고
곁에 누워본다

유독한 선
을 넘어가 말해본다

잘못했습니다

한 사람의 배를 열면
골목 골목 골목
잡아먹은 닭 돼지 소
도굴 도굴 도굴
멸망 멸망 멸망
비 비 비

조용히 끌고 온 잘못들을 머리맡에 개어놓고

내가 반만 남아 있다는 것

나 좀 빼줘
여기서

잡아먹을까
반만 남았다

한 사람의 배를 밀면서 나오는 또다른 사람

내 유령을 먹고 자란 사람이
나 대신 살 것이다

새를 먹을 때 내가 울까요?

나는 고소하였습니다
미워합니다 미안합니다

아침 산책길에서
새가 나를 먹었습니다
나는 새의 뱃속에서
인간을 주고 알이 됩니다

죄를 밀매하는 사람이 묻습니다
증거 있어요?

왜
그렇게 삽니까

나는 이렇게 사는 것이 뭔지 생각하고
앞으로 어떤 새가 될까
장래를 희망해봅니다

진술자는 절뚝이며 오고 있습니다

여기는 찰랑이면서
눈도 코도 없이
선과 악도 없이

나는 고소를 하였습니다
인간을 주고 알이 됩니다
모르는 새의 뱃속에서
앞뒤로 구릅니다

여기는 액체라서
손도 발도 없이
원고와 피고도 없이
둥글게 굴러갑니다

나는 어떤 새가 될까요?
입을 크게 벌려 새를 먹는
새가 될 수 있을까요?
미워합니다 미안합니다

새를 먹을 때 내가 울까요?
그때까지 내 인간이 남아 있을까요?

오솔길

수술대에서
하반신을 마취했다

살을 갈라 길을 냈다

내가 하나의 길을 따라가다가

길이 내 냄새를 맡고
망설일 때

길 위로 피가 고이고
그 피를 먹고 꽃이 자란다

살 속에서 꿈틀대던
사람이 길 밖에 나와 운다

살 아래에 살던 사람이

열이 번져가는 길을 따라

최초의 길을 간다

2

수족관에 살던
벨루가가 죽었다

수족관을 나와
광광 발자국을 찍으며
밟고 간다

몹시 좋아서 그랬어
몹시 좋아해서

수족관에는 사람이 온다
매일 매일 매일

인간은 왜 이토록 긴가

내가 따라가던 하나의 길이
입을 닫고 침묵할 때

지금까지 나는 너만 따라왔어
벨루가가 길에서
내 냄새를 맡고 망설일 때

우리가 이렇게 길 줄 몰랐지

나는 수족관에 있는 고래들을 듣는다

3

고등어를 토막낸다
몸이 갈라져
골목이 생긴다

나눠진다는 것

세상의 모든 골목에서
갈라진 내가 걷고 있다

우리는
딱 한 번
저녁 식탁에 모여 앉는다

싸우지 않고 조용조용

벨루가와 고등어와 나는
조용조용

이렇게 한 번씩 보자
니 짝아시기 찐네
약속을 하면서

내가 갈라지고 갈라져 길이 생기고
눈송이들이 골목마다 흩날리고

골목 끝에서
센서등 하나가
깜빡깜빡

골목마다 걷고 있는 내가

나에게
보내는 신호

텔레파시 연구회

방금 돌고래 한 마리가 죽었다
서서히 가라앉고 있다
나는 이런 걸 어떻게 아는 거지?

먹고 있던 빵을 뜯어 식탁 맞은편에 놓았다
떨어져나간 귀퉁이
거기 있던 모양
자기가 떨어져나온 곳을 향해
합창하는 신생아실

우리는 나쁘지 않아
유리로 갈라진 사람들이
서로에게 말하네

생각하면 가까워지지
같이 어깨가 젖는 것처럼
비슷한 마음
비슷한 마음으로

돌고래의 초음파는 달까지 간대
그런데 왜 안 들리지?
내가 듣지 못하는 것들
안 들리는 것들

너는 내 생각을 하나도 안 해

내 마음을 몰라

내가 고래고래 소리를 지를 때

잡힌 고래처럼 물을 뚝뚝 흘리며 서 있던 사람

비슷한 마음

밤새 우는 아기를 던져버리고 싶다가

죄책감을 주렁주렁 매달고

내가 나빠 내가 나빠

내가 나를 던져버려서

물에 빠지면

엄마 고래의 젖을 빨면서

앞구르기를 하고 싶다

우주의 모든 소리를 듣는다면

눈을 감고 이마를 두드려본다

달에 부딪혀

돌아오는 대답이 있을까봐

내가 잊은 주파수
오래전부터 있었던
그 소리
사방에 가득찬

뜯겨진 곳에서 보내는

나의 목소리

내가 나에게 보내는
목소리

오래된 고래

자리 좀 바꿔줘
나의 꼬리에게

조각조각 슬픔이 달라붙어
계속 커진 것처럼

커서 잘 보이는 것처럼

형광등 속 죽은 고래들

별처럼 터진 몸들에게
양떼처럼 몰려드는 생각에게

내가 발생한 곳으로부터

나는 몇 개일까
달려오는 양떼들
무한한 슬픔들
계속 끌어당겨 커진 것처럼

고래가 움직여서
형광등이 흔들리는 것처럼

무수한 물방울이 모여 고래가 된 것처럼
무수한 생각이 모여 내가 된 것처럼

나는 많으니까
흩어져 있으니까
멀리 갈 수 있으니까

안 보이는 곳에 있는 안 보이는 것들에게
안개 속에 숨어 있는 고래에게
나에게

껍질을 벗을 수 없는 고래에게

무서워 정말 무서워
숨어 있는 고래에게

고래의 뱃속에게
플라스틱 모양의 알들에게
우리가 열심히 죽인 고래에게
내가 끌고 온 마음에게
내가 구하지 못한 고래에게

자리 좀 바꿔줘

내게 말하는 고래에게
내가 죽인 나에게

3부

잉크는 번지고 커지고 거대해져

불면

나는 요즘 벌떡 일어납니다
어둠이 이쪽과 저쪽으로 갈라집니다

그 사이로 비행기가 날아갑니다
방향을 틀 수 없는 것들이 있습니다

갈라진 어둠은 곧 닫힙니다
나는 거기에 갇힙니다

몸을 앞뒤로 움직입니다
아무데도 도착하지 않습니다

이렇게 사는 게 맞습니까

불 꺼진 방에서
육중한 침묵이
그네를 탑니다

엘리베이터 문이 열립니다
잠깐 빛이 있습니다

아무도 내리지 않습니다
문이 닫힐 때

벌건 핏물이 올라옵니다

거기 사람 맞습니까

또 아침입니다

정말 이렇게 사는 게
맞습니까

생강

나는 생강처럼 지내
두 마리 물고기가 등이 붙은 모습으로

등을 더듬어보면
생강처럼 웅크린 아이가 자고 있어

나는 여기서 나갈 수 없다

어둠 속에서 음마 음마
물고기처럼 아이는 울고
침대 아래로 굴러떨어지려고
파닥거리지
나는 침대 끝에 몸을 말고 누워
호밀밭의 파수꾼처럼
아이를 등에 붙이고
침대 끝에 매달려
외계에 있는 동료를 불렀다

시는 써?
동료가 물어서
차단했다

나는 검은 방에 누워

빛은 모두 어디로 나갈까 생각하다가
내 흰 피를 마시고
커지는 검은 방에서
깜깜한 곳에서
눈을 뜬 건지 감은 건지

한곳에 오래 있으면
갇히고 말아

땅속에서 불룩해지는 생강처럼
매워지는 등에서
나는 점점 자라는 생강처럼 지내

나의 입구를 서성이는 동안

해협에 침대 하나가 떠 간다
그건 나다

침대에서 태어나 침대에서 죽는
모든 출구 모든 입구

잘 살아
그건 우리의 마지막 말

해협에 떠 가는 플라스틱
유기된 방울들이 몸을 흔들며
입구를 부르고 있다

나를 담아두었던 물병이 거기 있다
흐린 입구들이 거기 있다
망망대해를 알맹이도 없이 견딘다는 것

아무도 믿지 않는 신은 얼마나 외로울까
빈 제단에서 우리는 맹세를 했다
살아 있기로
반짝이는 것에
살해되지 않기로

물을 가르며 지나는 오목한 자리에서
잠깐 손을 내미는 사람
그건 나다

매일 아침 붕붕 떠 가는 침대에서
투명해지는 몸을 일으킨다

나는 여기가 무섭고
어쩌면 영영 못 나갈 거다

욕실 물을 튼다
두 손 가득 잘게 부서진 침대를 받아든다
나의 입구 나의 출구

우리는 약속을 했으니까
죽지 않기로 했으니까

빌면서
두 손을 씻는다

내 속에 출렁이는 것들
살아 있는 입구들

—   새로운 물로
    매일 입을 헹군다

—

카페트

나는 걸어가고 비는 나를 찌른다
가로와 세로
이렇게 직물이 생긴다

지혈하려고 반복해서 누웠던 곳에는
모양이 찍혀 있다

나는 이쪽으로 걸어가는데
비와 방향이 달라서
헤어질수록
촘촘한 형무소가 된다

우리가 마주치지 않으면서
가로로
세로로
걸어갈 때
해가 질 때
그림자가 길어지면서
우리가 더 촘촘해질 때

길이 엉켜서
지날 때마다
나는 사람을 긋는다

주는 사람과 받는 사람으로
교대한다

가려던 내가 다시 돌아와
주저앉고 마는

이, 직물
이, 부적

지나간 사람은
왜 다시
나 때문에 우는가

선을 지키면서
넘어오지 않고
왜 거기서 지켜보는가

매일
수직으로 떨어지는 것들이 있다
빛 시선 실밥
촘촘해진다

선을 긋고
선을 넘나든다

나는 내려가고
너는 가로지른다

동시에 떠올린 생각이 엉켜서
밧줄처럼 뻑뻑해진다

시럽은 어디까지 흘러가나요

자연의 고정된 외곽선은
모두 임의적이고
영원하지 않습니다
—존 버거

번지점프대에 서 있을 때
내 발바닥과 맞대고
거꾸로 매달린 누가 있다

설탕을 뿌리자 볼록하게
반짝 나타났다 사라지는 그것

하늘에서 우수수 별가루가 떨어져
나는 너를 용서해야 한다
잠깐 내 볼을 잡고 가는 바람에
다닥다닥 붙은 것이 있다

나는 혼자 뛰고 있는데
돌아보니 설탕가루가 하얗다
돌고래는 이따금 수면 위로
올라왔다 사라진다

주로 혼자 있네요

몸에 칼을 대면 영혼이
몸 밖으로 빠져나와요
풍선처럼 매달려 있어요

천궁을 읽는 점술사의 말에
움찔하고 불이 붙던 발바닥
불타는 발로 어린 잔디를 밟고
하나 둘 셋 번지
땅 아래로
뛰어들 수 있을 것처럼

종종 자고 일어난 자리에
검게 탄 설탕이 떨어져 있다

침대 아래, 아래, 그 아래로
느리게 설탕은 흐른다

연결하는 것처럼
하나의 밧줄에
매달려 있는 방울방울들

어디까지 너이고
어디까지 나인가

굳은 얼굴로 마주보는
우리는 왜 이리 긴가

건물 장례사

하루의 대부분은 여기에 있어요

오십 센티미터 간격으로 건물이 들어서요
법이 그래요

어깨를 양 벽에 맞대고 서 있어요
어쩌면 벽 속에 있는지도 모르겠어요

나는 금을 긋고 들어가려고 했지요
이렇게 오래 만지면 손잡이가 생길 법도 한데요

나와 거기서 나와

빈 건물에 소리치는 일을 해요

누군가의 오십 센티미터가 유령처럼 걸어와
건물과 건물 사이에 맞춤복 입듯 몸을 넣고

어디로 가지 어디로 가지
울먹일 때

날마다 이사하는
구원자의 주소를 쥐여주는 일을 해요

회복의 책

우리는 가까웠습니다

책을 덮으면 이쪽과 저쪽에서
서로를 찌릅니다
첫 쪽에서 흐르는 피는
내 피입니다

이쪽과 저쪽은
마주보고 있습니다

책을 덮으면
천장에서 보올록해지는 얼굴
왜 죽여버리고 싶습니까
나의 머리는 자주 저쪽에 있습니다

매일 밤 이쪽엔 달이 두 개 뜹니다
잘못 넘어온 것이 있습니다

땡땡땡땡
경로를 벗어났습니다
반듯한 차로에서
핸들을 틀어버리고 싶습니다

정말 이쪽만 맞습니까
나만 피해자인가요?

상처를 꾹꾹 눌러씁니다
책을 덮어서 지혈합니다

눈은 저쪽에 내리는데
내게도 눈이 쌓입니다
어디까지가 저쪽일까요

저쪽을 찌르면
이쪽에 열이 납니다

건강합니까
그쪽으로 전화할 수 없습니다

책장에 돌멩이가 있습니다
닫힌 책에서 빠져나온
그건 아직 나입니다

도망가지 않습니다
나는 나로 살 수 있습니다

— 저쪽에서 돌이 날아옵니다

　　이쪽과 저쪽
　　가죽을 관통해
　　아픈 문장이 이어집니다

—

흰 점

나는 백지 위에서
깊고, 두꺼웠다

펜을 길게 눌러
점을 찍고 있었다
잉크는 번지고
커지고 거대해져

우주에 딱 하나뿐인
검은 호수
오랫동안 앉아 있는 사람은
점처럼 앉아 있는 사람은

그 점은

......

몇 번이나 쓰고 지운다

길게 누르던 점,
점은 무거워진다
아직 시작도 못한 이야기가
떨어진다

책상 아래로
바닥으로

이제 다시는 못 쓸 것 같아
백지에 엎드린다

바닥에 떨어진 흰 점들이
백지에 떨어진 흰 점들이
지도에서 실종된 섬들이

점을 찍고 있으면
마음에서 툭 하고 떨어진다

흰 점

흰 글씨가 빽빽하게 차 있는 백지 위
호수를 본다
쓰다가 지운 말들이 여기 있네

펜을 깊게 눌러 찍고 있다
호수는 깊어지고
알몸으로 빠진 사람은

하늘을 향해 부서진 글자들을 던져본다

거기서 누가 읽어줄까봐

뜨겁고 하얀 호수에서
빈 튜브가
뱅글뱅글 돈다

오래 점을 찍고 있으면
탁자 밑으로 흰 호수가
고드름처럼 길고 두껍게

필담

펜을 들고 있는데

나의 종이에 저절로 글씨가

거, 기, 누, 구, 세, 요?

종이의 혈관을
찢고 나오려고

저기서 누가 쓴다

누, 구, 세, 요?

내 발밑에 너의 발이 있다
우리는 발바닥을 맞대고 자석처럼 끌려간다
끌어당기는 백지
내가 걷고 있어서 글씨가 써진다

내가 땅에 엎드려서 널 내려다볼 때
종이 밑에서 볼록하게 올라오는 얼굴 자국

누구세요?
왜 이토록 가깝나요?

주먹으로 내리친 벽 뒤에 사람이 있다

백지에 낙오된 내가 젖은 발로 걸어서
너의 종이에 얼룩이 번진다

불타는 의자

너의 연필을 하나 훔쳐
의자를 그리고
거기에 앉았다

네가 만진 것을 훔쳐서
모닥불처럼 모아놓았다

아무도 오지 않아서
의자 하나를 더 그리고
옆자리로 옮겨 앉았다

태워줄게

네가 걷는
좁고 긴 복도에
불붙은 신발 한 짝을 던져 넣는다

한여름 불은 고독해서
식탁 위에 매달려 있다

큰 식탁에 앉아
의자를 그리고
옆으로

또하나를 그리고
옆으로
불을 끌어안고 가는 너를 향해
옆으로

모닥불을 피우고 우리는 가까이

나는 불타는 너를 향해
의자를 옮기며 옆으로
모든 털을 곤두세운 채

아른거리는 식탁 건너편 너에게

너의 연필을 훔쳐
의자를 그리며
한 칸씩 옮겨가고 있다

매일 불타고
매일 죽어버리는
거기로 매일

밝고 뜨거워지는
거기로

—　매일
　　옆으로

원숭이 옆에 원숭이

나뭇가지는 사방으로 가지
비슷한 걸 찾아서

긴 팔이 생겼어

마음에 걸리는 게 많아

팔과 팔이 부딪쳐
사람들은 잠시 돌아보지

우리는 같이 있다고 믿어

어떤 하루는 너무 길어
팔에 붙여보았지

긴 팔 사이로
못 지나간 바람은 몸에 걸려 있다

팔을 뻗어 팔을 잡았어
손바닥 가득한 편서풍

우리는 이어져 있다고 믿어

긴 팔 사이에 걸려서 가지 않는 바람
몸도 없이 가지 않는 사람
뱅글뱅글 돌면 우수수 떨어져
고리가 되어 돌고 있어

팔이 더 길어져
골목을 돌아
골목을 돌아
걷고 있는 사람을
잡을 수 있다면

정말 우리가 유일하다면
왜 이토록 미워할까

원숭이 옆에 원숭이
꼬리 옆에 꼬리
지나갈 수 없는 것이 있어

나뭇가지에 걸려 있네

우리 사이엔 몇 명의 사람

강에 떨어진 나뭇가지가

그쪽으로 흘러가네

네가 주워
땅을 긁으며 걸을 때

우리는 이어지고 있다고 믿어

Ni Volas Interparoli*

매번 다른 이름으로 불린다

격리되었을 때
집밖으로 내놓았던 방사능 쓰레기 박스
하얗고 동그란 통
그것은 밀봉된 자라는 이름

세계의 칠천 개 언어가
일제히 고요해지는 순간

아이슬란드의 겨울
오후 세시 어두워지는 하늘 아래
오르간의 파이프처럼
바람을 밟고 걸어가던 사람들

격리하지 않는 바람이
죽어버린 뺨을 때리면서

빙하가 떠내려간다
바람이 발골한 나의 계단
매번 새 이름으로 갈아입고
사방으로 갈 수 있다

격리되었을 때
집밖으로 내놓았던 동그란 통

흰
거대한 침묵
돌아선 뼈

오르간 페달을
꾹꾹 밟고
멀어진 사람들

나는 이제
삐걱거리는 그곳을 향해
문을 활짝 열어둘 수 있다

* '우리는 대화하기를 원한다'.
세계 공용어인 에스페란토로 만든 윤상의 곡.

별자리

바구니 속 토마토처럼 누워 있었다

한 사람이 죽으면
한 사람이 태어난다

나는 주로 혼자 있고 누워 있다
집보다 몸이 커서 늘 밖에 있던 사람이
천장에서 나를 지켜본다

별은 모여서 별자리가 되고
총총 제자리에서 빛나는 알갱이

손가락으로
나무에 열린 토마토를
연결해본다

이토록 오래 생각하니까
이제 나는 토마토 같다

나는 주로 혼자 있지만
내 머리를 쓰다듬고 지나는 거대한 손가락이
너, 너, 너, 너, 너,
별자리처럼 연결하면서

곧, 만나게 될 거야

선을 넘어오는 손이
흘러가는 생각을 나뭇가지로 긁어모아
거기에 불을 붙인다
나는 옆으로 누워 침대 위에서 타고 있는 불을 본다

불에 손을 대면 웅웅웅 손가락이 말을 건다

꼭 외계처럼

4부

세계의 빙과들이 녹는다

세번째 이름
—희준에게

세번째 이름만 볼 수 있는 지도
따라가면 만날 수 있지

톨게이트를 통과하면 빨간 숲이 나오지 거기서 내려 비가
올 거야 그중 가장 희미한 빗줄기를 따라 올라가 빗줄기가
다른 빗줄기에게 속삭이는 문양이 있어 바람이었다가 나비
였다가 다시 비로 바뀌는 문양 그 문양을 주워 물병에 넣고
하루를 기다려
    하나 둘 셋 준비를 하고 물을 마시면 지도가 보여 빙하 아
래 불룩한 무늬들은 거기로 가는 길이지 바닷바람이 가는
길이지 바람결에 나비들이 분신하네 뭐가 너일까 나비는 왜
내게 언니, 언니, 부르는 거지?

잃어버린 너는 가까워지려고
큰 신발을 신고 조심조심 걸어왔지

머니까, 잊을까봐

휴대폰 지도를 켜고 걸었지 통영의 골목을 오르고 보도가
끝나도 길은 끝나지 않아 길은 어디까지 이어지나 이 길은
지도에 없는데 나는 계속 걷고 있었지 신발 없는 나비가 생
생하게 날고 있었지

나는 요즘 말 잘 듣는 사람이 됐어
살기 위해 살아남기 위해
죽고 있어
이렇게 살면 안 되는데
잊으면 안 되는데

젖은 지도를 펼쳐 들고 너를 데려다준 적이 있지 여긴 무
서운 곳이니까 호텔까지 안전하게

너는 잘 도착했다고 연락했는데

나는 여전히 미아인 채
물이 남은 병을 흔들며 걷고 있지

풍선

촛불을 살해할 때 입을 틀어막던 손이
죽었나?
내 콧구멍을 찾아 손가락을 편다

나는 벽을 한입 베어 물고
책도 안 읽고 글도 안 쓰고
어딘가 마비되어 몇 달을 살았다

생환할 수 있음
낮에 숨어들어간 미끄럼틀에는 그런 말이 쓰여 있었다
나는 좁은 통 안에서 벽을 밀었다

모두 너무 가까워
질식할 것 같아

내가 미는 쪽으로 미끄럼틀이 날아간다
마비된 침전물처럼
풍선 속을 걷는 사람들이
서로의 콧구멍에 손가락을 대보는데

무서운 일이 일어날 거야

몸에 힘을 풀고

폭포처럼 떨어지려는 나를 데리고

촛불을 켠다
떠오르려고

생각하면 아직 열이 나서

빙과를 떨어뜨렸다

녹아서 떠내려가는 집
잡혀가는 집
빙과를 핥는다
집을 핥는다
쓸고 닦는다
이토록 무거운 나를 어디에 둘까

빙하가 녹으면 오래된 것이 돌아온다
아주 오래전에 우리는 잘못을 했지
빙과를 핥으면 녹는 죄

집은 떠내려간다
나의 방은 매번 바뀐다
여기가 어디인지 알 수가 없다
어디부터 부서졌을까
누가 그랬을까
나는 너를 개입시킨다

내가 생각하면 네가 오는 집
너는 나와 함께 빙과될 것이다

아주 오래전에 우리는 잘못을 했지
냉동된 잘못이 녹아서
서로를 미워하게 하는 것
곧 잡혀갈 것처럼 웅크리고 있는
빙과

얼어 있는 기억들을 깨문다
숨겨놓은 잘못들
아무에게도 말하지 않은 마음

세계의 빙과들이 녹는다

내린다

눈 위에 눈이 내린다

사람과 사람이 만나는 걸 돕지 않는다
나는 거짓으로 방향을 가리킨다

눈 위에 의자가 내린다
조용한 사람이 공포에 질린 눈 위에 내린다

누설된 사람들을 빗자루로 쓸어버린다
도시에 우유를 붓는다
흰 봉지에 싸인 무수한 것들
잘못 왔습니다 뒷걸음치며
나가려던 사람들이
막에 싸여서 파티에 못 간다
파티에 못 가는 사람을 돕지 않는다

흐려진다

눈이 내린다
볼록하게 숨어 있는 사람들

눈 위에 내가 내린다
오래된 눈 위에 내가 내린다

내가 쌓여서
이쪽과 저쪽으로 사람들이 못 간다
내 위로 사슴들이 지나간다

이 사람과 저 사람이 만나는 걸 돕지 않는다
나는 우유를 붓는다
길이 막힌다
사람과 사람이 마주칠까봐
나는 안 보이는 색으로
계속 내린다

다큐멘터리

바라볼 것
빛을 따라가지 말 것
손가락을 더듬어 목을 누를 것
통곡하지 말 것

지하철에서 복도에서 수목원에서
수백 개의 렌즈에 찍히는 것
나 없이 떠도는 내가
너를 보는 순간
서서히 다가오는 맹수를 본 듯
어쩔 수 없는 것

사랑하지 말 것
절대 사랑하지 말 것

몸을 바꿔 다시 태어난 것
몇번째 살고 있어도
못 알아보는 것
무수히 찍혀도 거기 없는 것
같은 종족으로 한 번도 태어나지 않은 것

채널을 돌리다가 물을 마시는
우아한 짐승을 보고 숨이 멎는 것

거기에 네가 들어 있을 것 같은 것

맹수떼가 목덜미를 물 때
딱 한 번 이쪽을 본 짐승의 눈

통곡하지 말 것

동시에

동시에 말하고 동시에 멈추기 그래서 우린 한 번도 대화한 적이 없지 동시에 서로를 생각하면 고요해진다 소리를 내지 않는 무리가 이동하고 있다

아직 공식적으로 멸종하지 않은 사람들이 병균처럼 걸어 간다

사랑하면서 미워하기

나는 나무이면서 사람이기 고기이면서 사람이기
아주 잘 타오를 것 같은데

감염되면서 멀어지기

전염

나에게 얼마가 있지?

숨을 쉬었다 찬바람이 나온다
응결되어 있던 말들

얼음이 찰랑인다 이것은 합창이다
우는 것 같진 않은데 미간을 모으고 입을 벌린다

전원주택을 지나는데 이층 서재에서 고양이가 나를 내려
다본다 따뜻한 고양이가 날 본다

나는 이제 너를 사랑하지 않는다 그러므로

얼음이 찰랑인다 넘어진 아이를 일으켜주지 않았다 얼음
이 찰랑인다 양보하지 않았다
나에게 얼마가 있지?

전염병은 안 끝난다 얼음이 찰랑인다 숨을 쉬었다 매서운
바람이 분다 우리는 이제 인사하지 않는다 인사하지 않는
우리에게 거리가 생긴다 부드러운 고양이는 나를 바라본다
나에게 얼마가 있지 살 수 없는 고양이가 나를 본다

네모의 공중

나에게 친구가 있었던 여름
사방에 선을 긋고 들어가 서 있었다
비는 안으로 내렸다
빈방에는 붉은 목도리 한 개만 길게 걸려 있었다

공중전화 박스에 전화번호부가 매달려 있었다

두 개의 빈 그릇을 내놓은 현관을 지나
복도 창문에서 한 시간 동안 구름을 바라보았다
구름은 서쪽에서 동쪽으로 움직인다

구름에서 쏟아진 것처럼

거리마다 서 있는 공중전화 박스

아무도 들어오지 않는 빈칸
아무도 열지 않는 문은 얼마나 많은가

모서리에 걸린 번호로 이제 전화 걸 일이 없다는 것
우리가 다시는 통화할 일이 없다는 것

나에게 친구가 있던 여름이 있었고,
지금 나의 네모는 텅 비었다

텅 빈 곳은 무섭다
꽉 차 있어서

야! 하고 누가 불러서
걷다가 획 돌아본다

네모가 공중에서
나를 보고 있다

토마토

앞집 현관 앞에 토마토 하나가 떨어져 있다
나는 토마토를 현관 밑 틈으로 밀어넣었다
토마토는 돌아왔다

내 거 아닌데요

나는 다시 밀어넣었다
토마토는 다시 돌아왔다

내가 수위(守衛)하던 문에서
자기가 누구인지 잊은 얼굴로
상자를 나르던 사람이

떨어진 토마토 하나를 오랫동안 본다

토마토는 문밖으로 쫓겨난 아이처럼
열쇠를 잃어버린 아이처럼
오랫동안 문밖에 있었다

아침마다 토마토를 갈았다
부서졌으므로

나는 한 방울에 들어갈 수 있는

토마토를 배웅하다가
내가 수위하는 문에서 빠져나오는
방울방울을 본다

하나의 방울로 부풀어오른 손잡이처럼
돌리면 열고 나갈 수 있을 것 같은 토마토를

내 거 아닌데요
현관 앞에 떨어진 토마토를

계속 돌아오는 토마토를
이미 무수히 토마토였던 토마토를

고체

맨 밑의 벽돌을 빼려고 한다

사라지고 싶지 않아
맨 밑 벽돌은 어깨 위 어깨 위 어깨 위
벽돌들을 본다

벽돌은 점점 높아지고
벽돌 저쪽에 있는 사람들이 점점 안 보인다
너와 나는 이제 못 본다

안 보이면 없는 건가

나는 벽돌 하나를 몰래 빼서
들여다보았지

벽돌 사이에 낀 새 한 마리
내가 막아버린 한 마리를 구경하는
왼쪽 가슴에 벽돌이 들어 있는 사람과

뒤척이는 벽돌과
벽돌 밖의 벽돌과
벽돌 밖의 벽돌을 생각하는 벽돌과
그러다 뭉클해진 벽돌과

조용히 빠져나가고 싶은 벽돌과
이를 꽉 물고 주먹을 쥔 벽돌과
자동차로 가 박고 싶은 벽돌과
벽돌 사이에 낀 벽돌과
나는 아무도 믿지 않아
아무도 믿지 않는다는 걸 증명하기 위해
벽돌 위에 벽돌을 쌓고 손을 모으는 벽돌과
서로를 밀어내기 위해
몸을 가까이 붙이는 벽돌들

벽돌은 좋은 것도 나쁜 것도 아닙니다
연설하는 벽돌을 지나
맨 밑의 벽돌을 빼면
진짜를 볼 수 있겠다

나는 담벼락에 기대서
벽돌에 욱여넣었던
휴지와 시계와 굴뚝들을
담배꽁초와 한 사람의 얼굴과 병뚜껑을
이렇게 텅 빈 벽돌에
쑤셔넣었던 일주일과
벽돌을 쥐고 벌벌 떨던 벽돌의 울음이
딱딱하게 박혀 있는 것을 보면서

맨 밑의 벽돌을 빼려고 한다

거기에 초를 꽂고
박수를 치고
칼로 자르고 자르고 잘라
후–
불어보려 한다

마지막 얼음

세상에 하나의 얼음과 나만 남았다

땅을 밟고 걸을 때 찰랑찰랑 몸속에 물이 넘친다

얼음 속에서 누군가 탁 불을 켰고

내가 삼킨 단추들
안에서 걸어 잠갔던 단추들이 보여

돌멩이를 던져보았지

반짝, 얼음 속에서 빛이 켜진다

이곳에 둥둥 떠다니는 튜브들
물을 잠그는 단추들이
조용히 흘러가는 쪽으로
얼음 속에서 그림자가 움직였는데
나는 놀라지 않는다

우리는 서로 알고 있는 것 같다

오로라는 못 봤어도

이제는 나갈 수 있을 것 같다
사과 속에서 내벽을 밀고 있는 독
한입 베어 물고 마비된 여기에서

살 속에서 매일 오로라가 흔들린다
나를 밀고 있는 손바닥으로 문질러보는
무릎의 멍
오로라는 어디든 번져 있지

무릎처럼 고요하게 흘러가는 부빙
이렇게 조용하게 죽을 수 있다면

안과 밖을 선명하게 구분해서 보고하시오
이런 문제는 얼음에게 낼 수 없는 것
흩어지면서 나갈 수 있어서
충실하게 벌어지는 것
아무런 증명도 없이 온순하게

안에서 밀고 있던 내가 힘을 풀고
징겅징겅 뛰어온다 신이 나서

나를 뱅뱅 도는 펜듈럼으로부터

점점 물렁해지면서
이제는 나갈 수 있을 것 같다

몹시 그리웠어
빈 곳을 긁어낳셔 볼을 부비넌
깜빡깜빡 나타나는 얼굴

친밀한 빛

해설

나이면서 너이기

김보경(문학평론가)

'우리는 이어져 있다고 믿어'라는 제목을 보고 타자에 대한 환대, 공동체의식, 연대에의 낙관적 의지 같은 것을 기대하며 시집을 펼친 사람이라면 그 기대가 금세 좌절되었을지 모른다. 이 시집을 채우고 있는 것은 타자를 향한 포옹만이 아니라 누군가를 "밟"고 "아프게"(「몽돌 해수욕장」)하는 행위, 개체들이 조화를 이룬다기보다는 잘 "뭉쳐지지 않는"(「포도」) 모습, 서로를 보면서 달리고 있는 두 개체가 가까워지는 것이 아니라 "마주보면서 멀어"(「역방향」)지는 장면들이기 때문이다. 손미의 이번 시집에서 '이어져 있다는 것', 즉 관계와 연결됨에 대한 상상은 공동체나 연대에 대한 낙관으로 비약하지 않으며 오히려 그것의 불가능성을 바탕에 두고 있는 듯하다. 시인이 '우리는 이어져 있다'고 단언하지 않고, 이어져 있다는 '믿음'에 대해 말하며 이어져 있음의 사실 여부는 불확실성에 부치는 것도 이러한 이유에서 비롯됐을 것이다. 그런데 생각해보자. 연대 불가능성을 인식하면서도 그 가능성을 믿는다는 것은 일견 모순적으로 느껴진다. 과연 이는 시의 영역에서만 허용되는 아이러니한 진술에 불과한 것일까? 어쩌면 이 불가능성이야말로 가능성을 사유하기 위한 조건일 수 있지 않을까?

　네가 돌이 됐다고 해서 찾아왔다

　(······)

돌 돌 돌 돌 돌 돌 돌
사방으로 부서진

이토록 많은 충돌
이토록 많은 생각

절대 뒤를 보면 안 돼
다시 사람이 될 거야

움켜쥐면 말하는 돌

너는 누구인가

—「몽돌 해수욕장」 부분

「몽돌 해수욕장」에는 '너'가 돌이 되었다는 소식에 화자
가 돌을 보러 찾아간 상황이 그려진다. "절대 뒤를 보면 안
돼/ 다시 사람이 될 거야"라는 구절에서 암시되듯, 화자는
망자가 된 에우리디케를 살려내기 위해 뒤를 돌아봐선 안
되는 지옥길을 찾아간 오르페우스처럼 돌이 된 죽은 '너'를
살리러 간 듯 보인다. 화자는 돌을 안아보고, 아프게 하고,
돌에게 소리를 지르기도 하며 '너'를 찾아 되살리려 하지만
결국 되레 "돌에게 내가 전염"되고 만다. 돌과 '나' 사이의

구별이 사라지자, 화자는 돌 위에서 "이쪽저쪽으로 굴러보"며 돌처럼 "사방으로 부서"지고 서로 "충돌"하는 "많은 생각"이 전개됨을 느낀다. 이어 시의 후반부에서는 "절대 뒤를 보면 안 돼/ 다시 사람이 될 거야"(a)라는 문장과 "너는 누구인가"(b)라는 문장 사이에 "움켜쥐면 말하는 돌"이라는 문장이 제시된다. 이러한 배치로 인해 (a)가 돌의 대사인지, 화자의 생각인지가 불분명하게 처리된다. 마찬가지로 (b) 역시 돌이 화자에게 하는 말인지, 화자가 돌에게 하는 말인지 불분명하다. 어느 쪽이든 간에 "너는 누구인가"라는 문장은 인간적인 얼굴이 벗겨지고 서로 마주하게 된 돌과 인간 사이에 건네지는 물음으로 읽힌다. 이 시에서 비인간 사물인 돌은 사람의 얼굴이 아닌 돌의 얼굴을 하고 말한다. 돌과 인간은 서로를 마주보며 다음과 같이 묻는다. '너는 누구인가?'

이 질문이 인간과 비인간 개체 사이에 던져진다는 사실은 흥미롭다. 정신(사유)과 물질(연장)을 나누고 인간과 비인간 사이의 위계적 이분법을 설정했던 데카르트의 이원론은 인간을 정의하는 정체성의 핵심이 독립적인 실체로서 사유하는 '나'에 있다고 본다. 반면 인간이 아닌 개체들은 정신과 영혼이 결여된 한낱 기계에 불과한 것으로 정의된다. 그런데 시인은 그러한 이원론에 반대하며, 돌과 인간 사이에 '너는 누구인가?'라는 질문이 건네지는 장면을 그린다. 이는 단지 돌에 행위성을 부여하고 인간과 사물 사이의 권력을 역전시키는 것을 넘어서 '나'란 무엇인가, 즉 인간이란 무엇인가에 관한 이야기가 비인간 타자와의 관계 안에서 형성될 수밖에 없음을 암시한다. '나'에 관한 말하기는 타자의 말 걸기('너는 누구인가?') 안에서 시작되며, 이는 '나'가 타자와의 관계라는 조건을 통해 비로소 출현한다는 것을 뜻한다는 버틀러의 논의를 빌려와 말하자면[1], 이 장면은 비인간 타자 앞에서 '너는 누구인가?'라는 질문을 마주하자 '나'에 대한 이야기를 하게 되는 인간의 의존적 위치성을 드러내는 것이다. '나'를 향한 비인간 타자의 말 걸기는 '나'라는 존재의 정체성이 그 타자 없이 형성될 수 없다는 취약한 조건을 드러낸다. 그러므로 '나'에 대한 말하기는 '너'에 대한 말하기일 수밖에 없다.

「몽돌 해수욕장」에서 타자와의 관계가 타자의 말 걸기를 통해 형상화되었다면, 어떤 시들은 이를 응시의 장면을 통해 형상화한다. 「물」의 화자는 금이 간 꽃병 속의 물을 보고 "저것이 정말 물일까"라며, 물에 대한 관념으로 환원되지 않는 물의 낯선 모습을 발견하고 질문을 이어간다. 그런데 화자가 물을 보듯 이 물도 마찬가지로 "나의 생활을 보고 있"으며 "조용히 스며"온다. "나는 물을 보고 있다/ 병 속에서/ 물도 나를 본다"는 상호 응시는 물과 '나' 사이의 경

---

1) 주디스 버틀러, 『윤리적 폭력 비판』, 양효실 옮김, 인간사랑, 2013. 58쪽.

계가 흐려지는 계기가 된다. 화자는 "모여드는 물/ 침대로 고이는 물"이 주는 환상을 물리치며 자신의 경계를 침범해 오는 물을 내쫓고자 한다("우리 같이 살면 안 될까// 걸어오는 물에게/ 나는 팥을 한 주먹 뿌렸다/ 네가 진짜라면 내게 이럴 수는 없다"). 화자는 인간인 '나'와의 경계를 지우려 드는 물의 침입에 저항하려 하지만, 결국 시는 물이 "방울방울/ 내게 와 차오"르는 장면으로 마무리되며 경계가 허물어졌음을 암시한다.

위 시가 '물'을 시적 대상으로 삼은 이유는 물의 유동성이라는 물질적 속성 때문으로 보인다. '너'가 '나'에게 스며들어 경계를 흐리고 '나'를 변화시키는 행위가 물질화되며 물이라는 이미지로 나타나는 것이다. 「오로라는 못 봤어도」에는 물과 마찬가지로 이 시집의 주된 이미지 중 하나인 '얼음'이 제시되는데, 이 시에서 주목하는 얼음의 속성 또한 유동성이다. "안과 밖을 선명하게 구분"할 수 없다는 얼음의 특징이 언급되고, "안에서 밀고 있던" 화자는 마치 얼음이 녹아 흘러내리듯 자신을 가둔 것에서부터 "점점 물렁해지면서/ 이제는 나갈 수 있을 것 같다"고 말한다. 이 시에서 전반적으로 '안'과 '밖'에 해당하는 것이 무엇인지, 화자가 무엇에서부터 나가고자 하는 것인지는 분명치 않다. 다만 (오로라-펜듈럼에 빗대어진) "무릎의 멍" "무릎처럼 고요하게 흘러가는 부빙"과 같은 시어로 추정컨대 화자는 자신의 몸, 즉 자기 자신으로부터 벗어나고자 하는 듯하다. '나'

가 언제나 '너'와의 관계를 통해 출현하고 구성되고 변화하는 것이라면, 그러한 '너'와의 경계가 흐려질 때 '나'는 '나' 아닌 것이 되어 '나'로부터 벗어날 수 있다. 이처럼 손미의 시에서 액체 이미지는 '이어져 있음'을 표상하며, 안과 밖, '나'와 타자, 인간과 비인간 사이의 경계를 모호하게 만든다.

번지점프대에 서 있을 때
내 발바닥과 맞대고
거꾸로 매달린 누가 있다

(······)

연결하는 것처럼
하나의 밧줄에
매달려 있는 방울방울들

어디까지 너이고
어디까지 나인가

굳은 얼굴로 마주보는
우리는 왜 이리 긴가
            —「시럽은 어디까지 흘러가나요」 부분

"자연의 고정된 외곽선은 모두 임의적이고 영원하지 않습니다"라는 존 버거의 문장이 제사로 적힌 위의 시에서도 녹아 흐르는 설탕이 만들어내는 액체 이미지를 통해 자아와 타자의 관계가 형상화된다. 존 버거의 문장에서 알 수 있듯 '나'와 '너'의 경계선은 뚜렷하게 그어질 수 없다. 그런데 이 시는 둘의 관계를 발바닥을 맞대고 매달린 채로 마주보는 모습으로 형상화한다. 이는 모순적인 묘사로 느껴지는데, 발바닥을 맞대고 있는 동시에 마주볼 수는 없기 때문이다. 흥미롭게도 이러한 묘사는 「역방향」에서도 유사하게 나타난다. 「역방향」에서는 화자가 "끝까지 널 응시하"며 역방향으로, 즉 "등으로 달려"가는 장면이 그려진다. 일반적으로 마주보면서 달려간다면 서로를 향해 가까워지겠지만, 이 시에서는 역방향으로 달린다는 설정을 통해 "마주보면서 멀어진다"는 역설이 성립된다. 이러한 모순과 역설은 '이어져 있음'에 대한 시인 특유의 관점을 드러낸다. 손미의 시에서 연결되어 있다는 것은 으레 생각하는 바와 같이 서로에게 의존하거나 유사성으로 매개되는 상태만을 뜻하는 것이 아니라, 연결과는 정반대라고 여겨지는 단절의 상태를 동시에 함축하는 듯하다. 요컨대 그의 '이어져 있음'에 대한 인식에는 서로 간의 근본적인 거리에 대한 인식, 즉 동일시될 수 없다는 불가능성이 자리한다.

관계에 대한 이러한 모순적 관점은 앞서 언급한 두 시 「몽돌 해수욕장」과 「물」이 각각 돌과 물, 즉 고체와 액체라는 상반된 물체의 이미지를 중심 제재로 삼는다는 점에서도 확인된다.「몽돌 해수욕장」과 마찬가지로「점」「포도」「파라라라라라」「고체」등의 시에는 고체 이미지가 공통적으로 나타난다. 이러한 이미지는 몸안의 병균이나 혹과 같은 신체적 고통(「점」) 또는 성신석 고통(「파라라라라라」)을 보여주기도, 서로 간의 장벽(「고체」) 혹은 빽빽하게 모였지만 섞이지 못하고 생존하기 위해 위태롭게 매달려 있는 사람들(「포도」)을 보여주기도 한다. 즉 고체 이미지는 고통으로 인해 몸과 마음이 부서진 상태, 타자와 뒤섞이지 못하는 고립의 상태를 이미지화한다. 고통과 고립으로 인해 지극히 개별화된 상태에서, '연결'의 의미는 연대도 치유도 아닌 "죽겠다던 사람이 계속 이어지고 있음// 아무도 구할 수 없음// 사람은 계속 이어지고 있음"(「이어지는 사람」)이라는 사실, 즉 고통이 끝없이 이어진다는 무자비한 사실, 서로를 고통으로부터 구제할 수 없다는 사실일 뿐이다. 액체 이미지가 두 개체 간의 경계를 흐리는 연결의 이미지라면, 고체 이미지는 개별화되고 고립된 상태의 물질적 이미지에 가깝다.

이처럼 끝없이 이어지는 개별화된 고통과 죽음의 연쇄는 이 시집에서 포착하고 있는 '연결'의 또다른 측면을 잘 보여준다. 이러한 의미의 연결은 이어짐이 아니라 갈라짐을 함축하며("고등어를 토막낸다/ 몸이 갈라져/ 골목이 생긴다// 나눠진다는 것// 세상의 모든 골목에서/ 갈라진 내가 걷고 있다", 「오솔길」), 특히 '인간이 아닌 것'으로 나뉘어 배제된 비인간 타자들은 고통받고 파괴되거나 죽음에까지 이른다.

「무생물적 회의」는 "생물이 사라진다고 울"면서도 "생물을 목에 칭칭 감고" 있는 선생님의 아이러니를 풍자하며, "매일 저녁 생물을 굽고 생물을 끓이"는 인간의 일상이 반복됨에 따라 점차 생물이 사라지게 된 현실을 건조하게 그린다. 또한 "살아 있는 방법"을 검색하곤 "살고 싶은 생물을 먹다가 회의에 간다"로 이어지는 묘사는 다른 생물의 몸을 (먹는 행위 등으로) 사라지게 함으로써 생존을 유지하는 인간의 조건을 가리킨다. 또한 「오솔길」에는 "몹시 좋아"한다는 이유로 벨루가를 보러 수족관을 찾는 사람이 많아지자 벨루가가 죽었다는 에피소드가 삽입되어 있는데, 화자는 벨루가에게 "우리가 이렇게 길 줄 몰랐"다고 말한다. 이 표현은 「시럽은 어디까지 흘러가나요」 속 "굳은 얼굴로 마주보는/ 우리는 왜 이리 긴가"라는 구절에 관계의 모순성이 함축되어 있었던 점을 상기시킨다. 두 시에서 인간이 다른 존재들과 이어져 있는 것은 한쪽(주로 비인간)의 죽음을 통해서 다른 한쪽(주로 인간)이 생존해왔다는 비대칭적 의존성을 의미한다. 누군가의 생존과 편의는 다른 누군가의 죽음을 대가로 유지되어왔다는 것이 우리가 살아가고 있는 시대에서 '연결'이 갖는 잔혹한 진실이다.

고래가 움직여서
형광등이 흔들리는 것처럼

무수한 물방울이 모여 고래가 된 것처럼
무수한 생각이 모여 내가 된 것처럼

나는 많으니까
흩어져 있으니까
멀리 갈 수 있으니까

(……)

자리 좀 바꿔줘
내게 말하는 고래에게
내가 죽인 나에게

—「오래된 고래」부분

　위 시의 화자는 고래와 '이어져 있음'을 감각하는데, 유
사성에 대한 감각은 서로의 차이를 무화시키지 않는다. 이
시에서 고래는 곧 '나'이기도 하다. 즉 '나'는 고래를 죽이
고 구하지 못한 인간이면서 동시에 죽은 고래다. 이때 "고
래의 뱃속에게/ 플라스틱 모양의 알들에게/ 우리가 열심히
죽인 고래에게/ 내가 끌고 온 마음에게/ 내가 구하지 못한

149

고래에게" 자리를 바꿔달라고 말하는 데서, 인간과 고래 사이의 위치 및 권력 차이가 분명하게 인식되고 있음을 알 수 있다. "자리 좀 바꿔"달라는 말은 죽임을 당한 고래가 인간에게 하는 말이면서, 인간이 죽임을 당한 고래(나)에게 하는 말이 된다.

이러한 자리바꿈, 특히 '나는 너다'라는 동일시는 타자가 동물인 경우에 더욱 어려워지기 마련이다. 아무리 윤리적인 선의나 정치적 연대에서 비롯된 표현이라고 할지라도, "이 사회에서 동물이 어떤 삶을 사는지 증언하는 수많은 동물들의 죽음 위에서" 인간으로서 "내가 감히 그렇게 말해도 될까"[2] 싶은 생각이 들게 만들기 때문이다. 인간과 비인간 타자의 이분법을 해체하는 윤리적 수행이나 비인간 '되기'라는 미적 수행이 오늘날 문학의 주요한 실천으로 이어져오고 있는 상황에서, 손미의 시는 '나는 동물'이라는 인식을 한편에 두고 다른 한편에서는 그것의 불가능성과 인간과 동물 간의 아득한 거리에 대한 인식을 동시에 작동시킨다. 그런데 홍은전이 말했듯 '인간도 동물'이라는 것은 "지루할 만큼 사실"이며, 이러한 인식은 "인간의 확장이 아니라 인간밖에 모르던 세계의 무너짐"으로 이해할 필요가 있다.[3]

그렇다면 수많은 동물들과 자리바꿈을 시도하는 이 시집

---

2) 홍은전, 『나는 동물』, 봄날의책, 2023, 5쪽.
3) 같은 책, 9~10쪽.

의 화자는 '나'밖에 모르던 세계를 무너뜨리고 "나는 나무이면서 사람"이자 "고기이면서 사람"(「동시에」)이라는 사실을 받아들이면서도, 인간과 비인간 사이의 "사랑하면서 미워하"고 "감염되면서 멀어지"는 모순적 관계를 인식하는 주체라 볼 수 있다. 손미의 시에서 동일시의 환상이 저지되는 것은 이러한 비대칭성과 모순에 대한 정직한 응시가 있기 때문이다.

요컨대 손미의 시는 '나'와 타자 사이의 연결을 감각하고 사유하는 일이 멸균 지대 같은 유토피아나 타자와의 낭만적인 연대에 대한 상상이 아니라 파괴와 상처, 고통의 구조 속에서 존립하고 있는 '나'에 대한 고통스러운 자각에 가깝다는 것을 생각해보게 한다. 이러한 상처와 폭력의 구조야말로 우리 사회에서 타자들이 연결되어 있는 주된 방식일 것이라고 말이다. 특히 비인간과의 관계에 있어서, 인간은 이러한 방식 외엔 풍부한 관계를 맺는 것이 거의 불가능한 시대를 살고 있다. 인간으로서 '나'의 정체성뿐만 아니라 삶을 영위해나가고 생존하는 일 자체가 수많은 타자에, 정확히는 타자의 고통에 의존한다.

우리는 가까웠습니다

(······)

책장에 돌멩이가 있습니다
닫힌 책에서 빠져나온
그건 아직 나입니다

도망가지 않습니다
나는 나로 살 수 있습니다

저쪽에서 돌이 날아옵니다

이쪽과 저쪽
가죽을 관통해
아픈 문장이 이어집니다

　　　　　　　　　　　　　　　—「회복의 책」부분

　위 시에서는 서로 "마주보고 있"지만 가까워지지 않는 "이
쪽"과 "저쪽"에 속하는 두 존재를 가리켜 '우리'라고 칭한
다. "이쪽"과 "저쪽"은 책의 양 페이지로 형상화되어 있지
만, 책 속의 세계와 책 바깥의 세계를 암시하기도 한다. "이
쪽"과 "저쪽"에 대한 묘사에서는 앞서 언급한 '이어져 있음'
에 대한 두 가지 상반된 인식이 모두 나타난다. 둘 사이의 경
계가 모호하고("눈은 저쪽에 내리는데/ 내게도 눈이 쌓입니
다/ 어디까지가 저쪽일까요"), 그럼에도 서로 단절되어 있

을뿐더러("건강합니까/ 그쪽으로 전화할 수 없습니다") 서로에게 상처와 고통을 가하는 관계로 그려지는 것이다("책을 덮으면 이쪽과 저쪽에서/ 서로를 찌릅니다"). "이쪽"과 "저쪽"에 속한 두 존재는 돌멩이로 비유되어 서로를 향해 날아들며 상처를 가하는 관계로 형상화된다.

그런데 이 시의 아이러니는 제목이 '회복의 책'인 데서 한층 강화된다. 제목의 의미를 파악할 수 있는 단서는 "상처를 꾹꾹 눌러씁니다/ 책을 덮어서 지혈합니다"와 같은 문장에 있다. 앞서 책을 덮는 행위가 서로 가까워져 상대를 찌르게 하는 행위로 묘사되었다면, 이 구절에서는 반대로 상처를 아물게 하는 행위로 묘사된다. 이러한 아이러니는 "상처를 꾹꾹 눌러"쓴다는 행위가 일으키는 양면적 효과와 관련이 있다. 상처를 기록한다는 것은 상처에서 벗어나지 못했다는 방증이자 상처와 반복적으로 마주하는 고통스러운 일이다. 하지만, 기록하고 마주하려는 노력 없이 상처를 아물게 할 수는 없다. 기록을 통해 자신의 상처를 대면하며 객관화하려는 노력 없이는 아픔을 견딜 수도, 회복할 수도 없기 때문이다. 이런 이유로 상처로부터 "도망가지 않"고 "저쪽에서 돌이 날아"오는 것을 기록함으로써 "아픈 문장이 이어"지지만, 시인은 상처와 고통을 기록한 이 책의 이름이 바로 '회복의 책'이라고 말한다.

결국 손미의 시에서 전개되는 모순적 이미지들과 사유는 이 같은 상처와 회복의 이야기에 가닿게 된다. 그의 시는 마

주침과 엇갈림, 이어짐과 나눠짐, 연대와 고립, 생존과 죽음
이라는 모순적인 항들이 양립 가능한 시적공간을 열어젖히
며, 기실 바로 그러한 시적공간이야말로 다른 존재들과 살
아가는 우리 삶의 양태를 가장 잘 반영한 것일 수 있다는
점을 보여준다. 이는 모순으로 가득한 세계를 단지 무기력
하게 승인한다는 의미가 아니다. 그의 시는 모순으로 뒤얽
힌 그러한 관계를 정태적이거나 항구적인 것으로 여기지 않
기 때문이다.

나는 걸어가고 비는 나를 찌른다
가로와 세로
이렇게 직물이 생긴다

(……)

우리가 마주치지 않으면서
가로로
세로로
걸어갈 때
해가 질 때
그림자가 길어지면서
우리가 더 촘촘해질 때

(······)

나는 내려가고
너는 가로지른다

—「카페트」부분

나를 쪼개고 쪼개면 원자가 되고
전자와 원자핵이 되고
전자와 핵 사이는 대체로 비어 있고
비어 있는 곳을 압축하면 나는 소금 한 개의 알갱이가
되고
그런 생각을 하느라 여러 날 잠을 못 잤다

(······)

점점점
밖으로 밖으로

멀어지면서
작아지면서
우리는 점점 크게

—「점점 크게」부분

앞서 언급한 시 「오솔길」에서 길은 "나눠진다는 것"을 표상하지만, 사실 길의 역할은 어느 한 장소와 다른 장소를 이어주는 것이다. 시 「카페트」에서도 '나'와 '너'는 "마주치지 않으면서" 걸어가지만 결국 가로세로가 교차된 "직물"을 만들어낸다. 가로와 세로, 수평과 수직으로 각자의 길을 가는 이러한 걷기를 두고 '동행'이라 부르기는 어려울 것이다. 이 서로 다른 방향의 걷기가 계속되며 만들어지는 교차선은 "촘촘한 형무소"의 모양을 띠게 되고, "길이 엉켜서/ 지날 때마다" "사람을 긋"기도 하기 때문이다. 여기서 긋는다는 행위는 걸어가면서 행로를 만드는 일을 뜻하는 동시에 누군가를 베거나 찔러 상처를 주는 일이기도 하다. 그런데 '너'와 '나'의 관계가 어긋나고 엇갈리는 과정은 씨실과 날실의 교차 운동처럼 직물을 짜내는 데 이른다.

마찬가지로 「점점 크게」에서는 작아진 알갱이들이 "멀어지"고 "작아지면서" 점점 커지는 역설적인 모습으로 형상화된다. '나'가 쪼개지고 작아져 알갱이가 되는 상상은 "사람은 안 녹는"다는, 즉 다른 존재와 섞이거나 동화될 수 없는 원자적인 개체라는 사실을 자각하는 데 이른다. 그렇지만 이 시는 원자 단위에서 볼 때 인간은 '소금 알갱이'와 구분되기 어렵다는 것을 알려주며, 모든 시간적·공간적·상징적 의미 측면에서 먼 거리의 개체들을 '우리'라 부를 수 있는 근거를 제시한다. 그렇게 "멀어지면서/ 작아지면서" 더

큰 '우리'가 되어가는 기묘한 운동성이 손미의 시에 있다. 이 '우리'란 결코 '하나'일 수 없는 '나'이면서 '너'라는 모순의 공동체를 이르는 말일 테다.

우리는 타자와 주고받은 고통과 상처를 통해 사라나고 우리의 삶은 그 상처를 통해 전개된다. 손미의 시에서 이러한 사실은 삶의 최종적인 결론이 아니라 주어진 조건이다("가려던 내가 다시 돌아와/ 주저앉고 마는", 「카페트」). 이 시집에서 '너는 누구인가?'라는 질문과 함께 시작되는 '나'의 이야기는 '나'만의 이야기가 아니라 '나'이면서 '너'인, 즉 인간이면서 인간이 아닌 자로서 '우리'가 가하거나 겪었던 고통과 상처의 기록이다. 그런데 상처가 우리를 훼손하면서 동시에 우리를 강하게 만들듯, 손미의 시는 이러한 '나'의 이야기가 회복하는 '우리'의 이야기가 될 수 있다는 점을 보여준다. '나'와 '너' 사이에 얽힌 의존, 상처와 훼손의 역사를 응시하고 기록하는 것은 '나'가 언제나 '나'이면서 '너'로서 존립해왔음을 일깨우는 일이다. 그렇게 만들어지는 공동의 삶이라는 직물(textile)에 짜인 무늬는 전에 없던 것일 테고, 기묘하고 아름다울 것이다.

손미 2009년『문학사상』으로 등단했다. 시집『양파 공동체』『사람을 사랑해도 될까』, 산문시집『삼화맨션』, 산문집『나는 이렇게 살고 있습니다 이상합니까?』가 있다. 김수영문학상을 수상했다.

— 문학동네시인선 219

우리는 이어져 있다고 믿어

ⓒ 손미 2024

— 1판 1쇄 2024년 8월 29일
1판 3쇄 2024년 11월 1일

지은이 | 손미
책임편집 | 임고운
편집 | 정은진
디자인 | 수류산방(樹流山房)
본문 디자인 | 이주영
저작권 | 박지영 형소진 최은진 오서영
마케팅 | 정민호 서지화 한민아 이민경 왕지경 정경주 김수인 김혜원 김하연
　　　　 김예진
브랜딩 | 함유지 함근아 박민재 김희숙 이송이 박다솔 조다현 정승민 배진성
제작 | 강신은 김동욱 이순호
제작처 | 영신사

펴낸곳 | (주)문학동네
펴낸이 | 김소영
출판등록 | 1993년 10월 22일 제2003-000045호
주소 | 10881 경기도 파주시 회동길 210
전자우편 | editor@munhak.com
대표전화 | 031) 955-8888　팩스 | 031) 955-8855
문의전화 | 031) 955-2696(마케팅), 031) 955-1906(편집)
문학동네카페 | http://cafe.naver.com/mhdn
인스타그램 | @munhakdongne　트위터 | @munhakdongne
북클럽문학동네 | http://bookclubmunhak.com

ISBN 979-11-416-0717-3 03810

* 이 책의 판권은 지은이와 문학동네에 있습니다. 이 책 내용의 전부 또는 일부를 재사용
　하려면 반드시 양측의 서면 동의를 받아야 합니다.
* 이 책은 서울특별시, 서울문화재단 '2022년 창작집 발간 지원사업'의 지원을 받아 발간
　되었습니다.
잘못된 책은 구입하신 서점에서 교환해드립니다.
기타 교환 문의: 031) 955-2661, 3580

— www.munhak.com

문학동네